Y²
339

1104

PETITE BIBLIOTHÈQUE DE L'ENFANCE

LA MÈRE DE MARGUERITE

SUITE DE

LA PREMIÈRE PRIÈRE DE MARGUERITE

Traduit d'HESBA STRETTON

PAR

Mme DUSSAUD-ROMAN

PARIS
J. BONHOURE ET Cie, ÉDITEURS
48, RUE DE LILLE, 48

1877

N° 7.

J. BONHOURE ET Cie, LIBRAIRES-ÉDITEURS

48, RUE DE LILLE, PARIS.

PETITE BIBLIOTHÈQUE DE L'ENFANCE

Volumes in-12, illustrés, à 60 centimes

Cartonnés, avec couverture gaufrée, or et noir.......... 1 fr.

1. **Récits d'une amie des enfants**
2. **Scènes de la vie des enfants.**
3. **Robinsons** (les) **historiques,** par P. N. MAILLARD.
4. **Petit** (le) **créole,** par Mme W. DE CONINCK.
5. **Patriotisme et charité,** par V. LAMY.
6. **Lanoma, la colombe des Hurons.**

Ces six volumes, les premiers de la collection, parus de Juillet à Décembre 1876. seront adressés *franco*, au prix de 3 fr.

L'abonnement pour l'année entière, du 1er Janvier au 31 Décembre, est de 6 fr., les abonnés pour 1877 recevront en prime le bel album en chromo-lithographie. le **Dévouement filial.**

OUVRAGES POUR LES ENFANTS

A travers Mers et Forêts. Scènes et aventures de voyages, par Victor LAMY. In-12............................ 3 »

Boîte (la) **chinoise,** par Mme E. DELAUNEY. In-12............ 1 25

Christie et son orgue. Traduit par Mme MASSON et Mlle TABARIÉ. In-12.. 1 50

Daph la Négresse, traduit par Mme E. DELAUNEY. In-12... 1 75

Henri Marsden, par A.-E. WARD. In-12.................. 2 »

Journée (la) **d'Émilie,** par Mlle L. FLEUR. In-12........... 2 50

Récits de mères et de sœurs, par plusieurs dames. In-12. 3 »

Récits de Noël, par DE LIEFDE. In-12, illustré............. 2 »

Petite Histoire naturelle pour les enfants. 96 planches en chromolithographie, comprenant au delà de 1,000 dessins, accompagnées de 150 pages de texte. Un joli volume in-12 broché, ou en 12 livraisons sous bande................ 3 »

Relié toile, tranches dorées.............................. 4 »

Hommes (les) **de demain.** Nouvelles, par Mme NELLY LIEUTIER. In-12, avec gravures.......................... 3 »

Canot (le) **de sauvetage,** traduit de BALLANTYNE, par Mme S. LE PAGE. 2 vol. in-12 illustrés..................... 5 »

Jeunes (les) **chasseurs de la Nouvelle-Galles,** par les mêmes. 2 vol. in-12 .... 6 »

Henri et le Génie Savantin, par Mme S. LE PAGE. In-12 avec de nombreuses gravures................................ 2 50

Orpheline (l') **alsacienne,** traduit par Mme E. DELAUNEY. In-12.. 1 50

Un Enfant de cœur, par Mlle MARIE TABARIÉ. In-12...... 3 »

Imprimerie D. BARDIN, à Saint-Germain.

LA MÈRE DE MARGUERITE

8°
889

IMPRIMERIE D. BARDIN, A SAINT-GERMAIN

L'église de M. Stéphen.

1104

LA MÈRE DE MARGUERITE

SUITE DE

LA PREMIÈRE PRIÈRE DE MARGUERITE

Traduit d'HESBA STRETTON

PAR

Mme DUSSAUD-ROMAN

PARIS
J. BONHOURE ET Cie, ÉDITEURS
48, RUE DE LILLE, 48

1877

LA MÈRE DE MARGUERITE

I

C'était un des plus sombres dimanches du plus sombre mois de l'année. Un brouillard épais enveloppait Londres nuit et jour, s'éclaircissant à peine pendant quelques heures, aux environs de midi. Les cloches rendaient un son si mat et si lointain, qu'elles semblaient suspendues au-dessus des nuages. L'œil ne parvenait pas à distinguer les clochers. L'atmosphère humide pesait lourdement sur chacun; les passants se mouvaient comme des fantômes, oppressés par cette obscurité anormale; le soir seulement on reprenait quelque élasticité; on se sentait moins écrasé par les ténèbres que dans la journée. Çà et là, quelques églises ou chapelles brillamment illuminées ouvraient leurs portes pour souhaiter la bienvenue aux auditeurs, mais on était frappé de voir que ces lieux de culte n'étaient guère fréquentés que par des gens riches, et que les pauvres s'abstenaient d'y paraître.

La chapelle à la mode, dont Daniel Durer était sacristain, ne faisait pas exception à la règle. Tout y était disposé pour satisfaire le goût d'élégance et de bien-être des fidèles opulents. Les dossiers des bancs de chêne étaient assez élevés pour permettre à un dormeur d'y faire confortablement une petite sieste; ils étaient rembourrés et garnis de coussins. Des tapis étaient placés sous les pieds, les lampes ne projetaient qu'une lumière douce, et le calorifère répandait partout une chaleur égale.

Les foules qui se pressaient chaque semaine autour de la chaire ne faisaient qu'augmenter; aussi ce fut avec une véritable répugnance que Daniel consentit à partager ses fonctions avec un aide. Quoique celui-ci restât toujours dans une position inférieure, et ne possédât ni l'expérience, ni le maintien plein de dignité de Durer, ce n'en était pas moins pour ce dernier un crève-cœur de ne pouvoir plus suffire seul à l'entretien de la chapelle.

La congrégation se préoccupait beaucoup, depuis quelque temps, de deux choses : On trouvait d'abord que le ministre avait besoin d'un collègue, et il paraissait ensuite nécessaire d'agrandir la salle de culte. Quant au second pasteur, ce n'était pas chose facile à découvrir. Il fallait un homme de talent, qui continuât à attirer les masses, car on pouvait constater une grande diminution dans le nombre des auditeurs, quand M. Stephen prenait ses vacances annuelles, ou qu'on savait d'avance qu'il se ferait remplacer. Néanmoins, on voulait un suffragant, parce qu'il était évident pour tous les membres du troupeau que leur cher conducteur était surchargé de travail et que sa santé en souffrait. Pour l'agrandissement ou même la reconstruction de la chapelle, la difficulté était bien moindre, car l'argent seul était nécessaire, et la liste de souscription ouverte à la sacristie était déjà couverte de bon nombre de signatures. Les plans même d'un éminent architecte étaient approuvés.

Les portes de la chapelle étaient donc ouvertes le dimanche soir dont nous parlions en commençant. Daniel avait allumé le gaz. Marguerite avait épousseté soigneusement la sacristie et préparait la Bible et le livre de cantiques que Durer devait déposer dans la chaire, lorsque l'organiste ferait entendre ses premiers accords. Daniel se tenait sous le porche, comme un serviteur fidèle prêt à recevoir les hôtes de son maître, et son austère visage s'éclairait à mesure que les équipages se succédaient. Les filles du pasteur lui sourirent en passant et, tout en fermant sur elles la porte de leur banc, il mit un redoublement de zèle à faire placer les auditeurs qui se pressaient dans le sanctuaire.

M. Stephen était entré dans la sacristie, juste au moment où Marguerite enlevait les derniers grains d'une poussière imaginaire sur la Bible. Il prit une chaise et s'installa devant le feu. Il paraissait triste et abattu; sa tête se penchait mélancoliquement sur sa poitrine. Pendant un instant, Marguerite resta immobile en le regardant; puis, avançant la main, une petite main encore maigre et fluette, elle la posa sur le bras du pasteur.

— Marguerite, dit celui-ci, je suis triste ce soir, et je me sens le cœur oppressé. Dites-moi, mon enfant, comprenez-vous mes sermons?

— Pas beaucoup, monsieur, seulement quand vous parlez de Dieu, du ciel et de Jésus-Christ, je sais alors ce que vous voulez dire.

— Vraiment! reprit le ministre en souriant, alors vous devez être contente, car je prononce souvent ces mots-là.

— Pas toujours, mais quand je les entends je suis heureuse, parce que je saisis alors le sujet de votre discours. Il est toujours question de Dieu, mais pas autant de Jésus et du ciel.

— Qu'est-ce que je veux dire, quand je parle de Dieu, de Jésus et du ciel?

— Oh! je ne sais pas grand'chose là-dessus, seulement ce que vous m'avez appris, répondit Marguerite en joignant les mains; vous m'avez dit que Dieu est le père de nos âmes, que Jésus est notre frère aîné venu pour nous sauver, et que le ciel est la demeure de Dieu, où nous irons le rejoindre si nous l'aimons et le servons. Voilà ce que je sais.

— C'est assez, reprit M. Stephen en relevant la tête; une âme, au moins, parmi toutes celles qui me sont confiées, a compris et accepté le salut. Dieu vous bénisse, Marguerite, et vous garde dans sa crainte et dans son amour!

Comme il achevait ces mots, les sons de l'orgue arrivèrent jusqu'à lui, et Daniel fit son entrée d'un air important. Il rayonnait.

— Il y a un monde fou, ce soir, dit-il; les tribunes, les allées sont pleines, et bien des gens retourneront chez eux sans pouvoir entrer.

Le pasteur couvrit son visage de ses mains et frissonna — de froid sans doute. Daniel et Marguerite allaient se retirer, quand M. Stephen dit avec agitation :

— Durer, j'ai une communication importante à vous faire après le service. Marguerite, ayez bien soin de vous mettre à votre place habituelle, pour que je puisse vous voir, car je vais parler ce soir de Jésus et du ciel.

Marguerite répondit par une inclination de

tête et disparut; quelques instants après, elle était installée sur son petit banc, au pied de la chaire. Elle venait de faire un signe d'amitié aux filles du pasteur, quand celui-ci entra dans l'église, au moment où l'orgue se taisait. M. Stephen marchait lentement, la tête inclinée ; mais, dès qu'il fut à sa place, il promena son regard sur les personnes qui l'entouraient. La plupart lui étaient connues, parce que depuis nombre de dimanches elles venaient régulièrement écouter ses instructions. Il regarda ses filles avec une tendresse particulière et remarqua le visage animé et intelligent de Marguerite, qui ne le perdait pas de vue.

Il avait employé la plus grande partie de la semaine à préparer un grand et beau sermon, qui devait tenir ses auditeurs suspendus à ses lèvres; mais, en s'agenouillant pour implorer le secours de Dieu : — Non ! se dit-il, pas de discours de la sagesse humaine ; je veux leur annoncer tout simplement ces paroles du Sauveur : « Mes brebis entendent ma voix et elles me suivent. »

II

La première partie du service se passa suivant l'ordre accoutumé ; on entendait parfois le bruissement d'une robe de soie, ou le pas discret d'un retardataire. La prière avant le sermon allait commencer ; toutes les têtes étaient courbées ; un religieux silence dominait l'assemblée, et devenait de plus en plus intense, car la voix du pasteur ne s'élevait pas au nom de tous, et semblait attendre que le bruit eût cessé. Il y avait quelque chose de solennel et de saisissant dans cette immobilité. Un profond soupir arriva jusqu'à ceux qui entouraient la chaire. On voyait toujours la tête inclinée de M. Stephen, ses cheveux argentés éclairés par les lampes, mais pas un mouvement, pas un son ! Peu à peu un malaise, une crainte indéfinissable s'emparèrent de tous les membres du troupeau ; on chuchotait, on se regardait avec anxiété. Toujours même silence de la part du pasteur. Ses enfants l'examinaient avec angoisse; Marguerite debout considérait avec effroi son bien-aimé maître ; n'écoutant que son cœur, elle monta vivement l'escalier de la chaire et, timidement, lui toucha l'épaule. Il ne bougea ni ne répondit.

En un instant, l'assemblée entière fut en mouvement ; on entendait des cris et des lamentations, et tout le monde entourait tumultueusement la chaire. On descendit le pasteur pour le transporter dans la sacristie ; personne ne voulait quitter la chapelle avant de connaître le sort de M. Stephen. Marguerite se faufila parmi les groupes et parvint à saisir ces mots, prononcés par un médecin : « Il n'est pas mort ; c'est une attaque d'apoplexie. »

Tandis que cette nouvelle circulait de bouche en bouche, Marguerite revint jusqu'au banc où étaient Madeleine et Jeanne, les filles de M. Stephen, agenouillées, dans les bras l'une de l'autre, et sanglotant des prières inarticulées. Elle se glissa près d'elles, et murmura tout bas : « Mademoiselle Madeleine, le médecin dit que ce n'est qu'un coup d'apoplexie; votre père ne mourra pas. Mademoiselle Jeanne, ce n'est qu'une attaque. »

Les deux fillettes se tournèrent vers Marguerite, pour chercher auprès d'elle force et secours. Elles ne connaissaient encore rien des douleurs de la vie, car, lorsque leur mère était morte, elles étaient trop jeunes pour comprendre l'étendue de cette perte. Depuis lors, elles avaient été tellement aimées et choyées, qu'elles ne savaient pas ce qu'était la souffrance. La nouvelle que leur apportait Marguerite lui prêtait à leurs yeux une sorte de supériorité.

— Qu'est-ce qu'un coup d'apoplexie? demanda Jeanne.

— Je ne le sais guère moi-même, répondit Marguerite; je ne connais en fait de coups que ceux que me donnait ma mère; mais ici le cas est différent, mademoiselle Jeanne; puisque ce coup vient de Dieu, il ne peut pas être mauvais.

Les trois enfants retombèrent dans le silence, chacune réfléchissant que, en effet, une chose qui venait directement de Dieu ne pouvait pas être bien terrible. Personne ne l'avait vu venir, personne ne s'était douté que le Père levait la main pour frapper, et l'épreuve était tombée si doucement, si tendrement, faisant taire la voix et engourdissant les facultés.

La chapelle était déserte ; Madeleine et Jeanne calmées et fortifiées se laissèrent emmener par leur bonne. — « Laissez Marguerite venir à la maison avec nous ! » dit Madeleine ; et elles se mirent toutes en marche pour rentrer au presbytère. Arrivées devant la porte, Marguerite hésitait à entrer.

— Il ne faut pas vous en aller, s'écria impétueusement Madeleine; papa n'est pas revenu, et j'ai peur. N'êtes-vous pas aussi un peu effrayée?

— Non, répondit Marguerite, du moment où c'est Dieu qui l'a fait, ce n'est pas si terrible.

— Il faut venir et rester avec nous, ajouta Jeanne un peu émue par ses craintes ; ma bonne, nous allons emmener Marguerite dans le cabinet de papa, jusqu'à ce qu'il revienne.

Les trois enfants s'installèrent autour du feu dont la flamme brillante semblait saluer le retour de la famille. De grandes bibliothèques

BIBLIOTHÈQUE NATIONALE R.F. IMPRIMÉS

ornaient les murs; sur la table étaient disposés les livres qui avaient aidé à la composition du dernier sermon; sur le bureau, des feuilles de papier éparses et couvertes de notes diverses; sur la cheminée, une petite Bible, plus usée que tous les autres volumes. Les enfants affligées, groupées autour du foyer, ne se doutaient pas que tous ces vestiges du travail de la semaine parlaient de leur père; mais cette petite Bible qu'elles voyaient si souvent entre ses mains le leur rappela vivement. Madeleine la saisit et la baisa avec transports.

— Papa nous donnait toujours sa soirée du dimanche, dit-elle, parlant déjà de cette habitude comme d'une chose passée et qui ne devait pas se renouveler.

— Est-ce qu'un coup de cette espèce dure longtemps, Marguerite? demanda Jeanne d'un air anxieux.

— Je n'en suis pas sûre, répondit Marguerite. Ceux de maman étaient durs, mais la douleur passait vite; seulement la cicatrice restait longtemps. Peut-être bien que, pour votre père, le coup ne le fait plus souffrir, mais les suites restent. Dieu le sait.

— Oui, reprit Jeanne, les larmes aux yeux, Dieu sait aussi ce qui vaut mieux pour papa comme pour nous. Il y a bien longtemps qu'on nous dit cela, mais il faut, à présent, le croire et le sentir.

— Il est plus difficile de croire que de savoir, fit remarquer Madeleine.

Et elle retomba dans un silence que ses compagnes ne troublèrent pas. Elles se taisaient et prêtaient l'oreille, croyant encore que le pas de M. Stephen allait retentir.

III

Un bruit sourd et confus se fit bientôt entendre dans le vestibule et dans les escaliers, comme lorsqu'on transporte un pesant fardeau. Jeanne et Madeleine se serraient contre Marguerite, qui les regardait alternativement pour les encourager. Par une impulsion irréfléchie, toutes trois se précipitèrent vers la porte qu'elles entr'ouvrirent juste au moment où l'on transportait M. Stephen dans sa chambre. Son visage était pâle mais paisible, ses yeux fermés comme dans un profond sommeil.

Marguerite aperçut Daniel au pied de l'escalier. Aussitôt que la lugubre procession fut hors de vue, elle se précipita vers lui et l'entraîna dans le cabinet.

— Oh! Durer, s'écrièrent Jeanne et Madeleine en même temps, racontez-nous tout ce qui est arrivé à papa.

— Calmez-vous, d'abord, mes jeunes demoiselles ; s'il plaît à Dieu, votre père sera rétabli dans quelques semaines. Les médecins disent qu'il a trop travaillé à faire ses beaux sermons, et son cerveau est trop fatigué. Il guérira bientôt ; sans cela que deviendrait notre chapelle !

— Il ne..... mourra pas ? dit Jeanne d'une voix inarticulée.

— Mourir ! oh non ! répondit Daniel. Mes pauvres enfants, comme vous voilà tremblantes ! Vous devriez vous mettre au lit.

— Durer, dit madeleine, je voudrais que vous permissiez à Marguerite de passer la nuit avec nous ; elle coucherait avec notre bonne dans notre chambre, et ce serait une grande consolation de l'avoir près de nous.

— Comme il vous plaira, mademoiselle Madeleine ; trop heureux de pouvoir vous rendre un petit service.

Quelques instants après, Daniel reprenait seul le chemin de ce logis qui abritait depuis trois ans l'enfant de son adoption. Il ne faisait guère attention au brouillard et à l'humidité, préoccupé qu'il était des étranges événements de la soirée, et se demandant ce que le pasteur pouvait lui vouloir quand il lui avait recommandé de venir lui parler après le service. Malgré ses efforts pour fixer son attention pendant la lecture des prières liturgiques, son imagination l'avait entraîné loin du culte. Il savait qu'il y avait eu une réunion du Conseil d'Église pendant la semaine, et qu'on y avait discuté la question de savoir s'il ne serait pas convenable d'avoir un appartement pour le sacristain, attenant à la chapelle; on avait même proposé d'augmenter ses émoluments afin qu'il pût se consacrer tout à fait à ses fonctions de concierge sans exercer une autre profession. Était-ce de ces affaires que le pasteur voulait lui parler? Mais cela regardait plutôt le Conseil de paroisse. S'agirait-il, par hasard, de Marguerite? Ce n'était guère probable, et cependant M. Stephen aimait tant cette petite fille, et lui parlait si affectueusement au moment même où Daniel était entré ce soir-là dans la sacristie, qu'il n'était pas impossible que cette affaire la concernât. Il était difficile au pauvre Durer de maîtriser sa curiosité, mais personne ne pouvait la satisfaire que le ministre lui-même ; or, combien de temps serait-il malade ?

Tout en tournant et retournant toutes ces questions dans son esprit, Daniel arriva devant sa demeure. La lueur blafarde d'une lanterne lui permit de distinguer devant sa porte une personne accroupie, qui ressemblait plus à un tas de guenilles qu'à une créature humaine. Un vieux paletot attaché autour du cou par les manches, un chapeau sans bords sur le derrière de la tête, auraient pu faire croire que c'était un homme qui gisait par terre ; mais des boucles de cheveux qui pendaient en dehors du chapeau, et le visage qui se tourna vers lui appartenaient certainement à une femme.

— Vous n'avez rien à faire ici, dit Daniel, vous ferez mieux de vous en aller tout de suite, vous n'êtes pas de notre quartier, et vous vous serez trompée de direction. Laissez-moi passer.

Il avait sa clef à la main, prêt à pénétrer chez lui, mais il ne pouvait ouvrir la porte tant que cette misérable créature en occupait le seuil.

— Je n'appartiens à personne, je ne demeure nulle part, répondit-elle en fureur, et je ne me suis pas trompée en venant ici. Vous êtes Daniel Durer, et moi, je suis la mère de Marguerite.

Daniel trébucha comme s'il eût reçu un coup de massue. Il y avait longtemps qu'il ne pensait plus à cette femme et qu'il ne redoutait plus son retour. M. Stephen lui avait donné l'assurance que si jamais elle venait réclamer sa fille, il emploierait toute son influence pour soustraire Marguerite à une pareille direction.

Elle s'était redressée; adossée contre la porte, le narguant de la voix et du geste, elle semblait défier le ciel et les hommes.

— J'ai presque enfoncé votre porte, dit-elle avec un rire strident; vos voisins sont venus s'informer de ce qui se passait, mais je leur ai fait peur. L'agent de police lui-même a pris la fuite à ma vue.

Et elle recommença à rire d'une façon si bruyante, que deux ou trois fenêtres des maisons voisines s'ouvrirent. Daniel vit avec effroi que lui, l'homme respecté du quartier, le rigide sacristain de la chapelle, était un sujet de scandale pour tout le voisinage.

— Je veux ma fille, mon enfant; rendez-moi ma Marguerite! Où l'avez-vous cachée, canaille?

— Voyons, répondit Daniel, apercevant deux ou trois hommes qui s'approchaient et reprenant courage, qu'est-ce que cela signifie? Marguerite n'est pas ici; ainsi, vous ferez mieux de vous en aller. D'ailleurs, lors même qu'elle serait là, je ne vous la rendrais pas. Voilà tout ce que je puis vous dire.

La femme, sans répondre, se rassit sur le seuil, immobile comme une statue.

— Si vous entrez, j'entrerai; si vous restez dehors, je resterai dehors. Je veux ma Marguerite.

C'était une position embarrassante pour Daniel; il ne voulait pas employer la violence, pour plusieurs raisons. La première et la principale, c'est qu'il reconnaissait que la profession de chrétien est incompatible avec des mesures de rigueur; ensuite, il avait affaire à une femme, et cette femme était la mère de Marguerite; enfin, les émotions de la soirée l'avaient adouci. Il allongea le bras pour mettre le passe-partout dans la serrure; mais, avant d'ouvrir, il examina plus attentivement le visage de cette femme.

— Vous avez bu, peut-être? dit-il.

— Je n'ai avalé ni soupe niliqueur, de toute la journée, répondit-elle avec un gémissement douloureux.

— Bien, bien! dans ce cas, venez, et vous aussi, M. Brookes, je vous prie. Je ne me sens pas bien, ce soir, et je serais bien aise d'avoir quelqu'un avec moi. Entrons.

Ils pénétrèrent dans une petite chambre bien propre et confortable, où régnait un ordre parfait, car Marguerite était déjà une bonne petite ménagère. Le feu, bien couvert lorsqu'ils étaient partis pour le service, était maintenant dans toute sa splendeur. La pauvre femme traversa la pièce en trébuchant et vint se jeter dans le fauteuil de Daniel.

On put alors voir combien elle était pâle, décharnée, ses yeux enfoncés dans leurs orbites, ses mains transparentes. Tout son être ressemblait à une ruine. Les haillons qui la couvraient étaient saturés d'humidité et froids comme le brouillard du dehors; ses pieds nus étaient enfoncés dans des pantoufles éculées; ses orteils passaient par de larges trous. Daniel la contempla en silence pendant quelques minutes, puis il alla promptement chercher du pain et du fromage, fit chauffer du café et la regarda avaler gloutonnement le liquide; mais elle ne put prendre que quelques bouchées de pain.

— Et c'est ici la demeure de Marguerite! s'écria-t-elle lorsqu'elle fut un peu réconfortée; eh bien! elle n'est pas à plaindre, ma fille! Et moi, je suis une heureuse mère! Rentrera-t-elle ce soir, monsieur Durer?

— Non, répondit sèchement Daniel.

— Alors je m'arrangerai de façon à me passer d'elle pour une nuit; je suppose que son lit est plus moelleux que ceux que j'ai occupés depuis quelque temps, puisque la nuit dernière j'ai dormi sur des copeaux, sous un échaffaudage. Ne vous dérangez pas pour moi, je saurai bien me mettre à l'aise toute seule.

— Il est impossible que vous restiez ici toute la nuit, dit Durer péremptoirement.

— Pourquoi pas? Je pense que je vaux bien

ma fille; elle ne sera jamais ce que j'ai été, puisque j'avais une voiture à moi. Qui donc m'empêchera de rester ici une nuit, une semaine, un mois entier, si cela me plaît? Vous pouvez être bien sûr que je ne filerai pas pour le quart d'heure.

— Vous m'offririez cent francs, que je ne vous garderais pas vingt-quatre heures.

— Je ne vous donnerai pas même deux sous. La demeure de Marguerite est la mienne; si vous me renvoyez, je l'emmène.

Daniel entraîna M. Brookes dans la cuisine.

— Que puis-je faire? lui demanda-t-il; pour rien au monde je ne voudrais la garder ici. Marguerite passe la nuit chez le pasteur, mais elle reviendra demain matin, et alors...

— Donnez-lui un peu d'argent pour l'engager à partir; ce sera peut-être le meilleur moyen de vous en débarrasser.

Après un moment d'hésitation, Durer s'adressa ainsi à sa visiteuse nocturne :

— Si vous ne voulez pas vous en aller de bonne grâce, j'appellerai la police; je ne veux pas être dur avec vous, et vous mettre de force hors de chez moi, mais je ne crois pas qu'un chrétien et un homme qui se respecte puisse vous recevoir dans sa maison. Si vous consentez à vous éloigner sans esclandre, voici deux francs pour payer un gîte et un déjeuner demain matin. Choisissez, car ce sera l'un ou l'autre.

Après une courte délibération, la pauvre femme se leva, traversa la chambre et disparut dans le brouillard et l'obscurité.

Daniel la suivit des yeux pendant quelques instants, salua Brookes et referma sa porte avec un sentiment de soulagement. Mais il ne pouvait se défendre de fâcheux pressentiments; l'avenir même de Marguerite l'effrayait, et il ne pouvait plus consulter le meilleur ami de l'enfant, qui était frappé, à mort peut-être, et qui, dans tous les cas, ne pourrait lui venir en aide de longtemps.

IV

Le lendemain, de bonne heure, Daniel se rendit au presbytère ; il espérait encore apprendre que l'indisposition du pasteur n'était qu'un évanouissement, et qu'il avait repris connaissance. Mais la garde lui répondit que M. Stephen était toujours dans le même état, ne paraissant ni voir ni entendre ce qui se passait autour de lui. La vieille bonne lui raconta alors que, le dimanche après-midi, une femme déguenillée, qui se disait être la mère de Marguerite, avait eu avec lui une longue conversation et qu'il lui avait fait donner à manger avant de la renvoyer. C'était donc sans doute au sujet de sa fille adoptive que le ministre voulait avoir un entretien avec le sacristain. Que n'aurait pas donné le pauvre Durer pour connaître l'opinion de M. Stephen !

Il prit le chemin de la chapelle, accompagné de Marguerite. Il ne savait comment lui apprendre le retour de sa mère; elle semblait triste et peu disposée à causer. Elle serrait la main de Daniel comme pour s'assurer qu'il ne la quitterait point. En entrant dans la sacristie, où le désordre rappelait les événements de la veille, Durer attira la fillette et l'embrassa tendrement.

— Il ne mourra pas! dit l'enfant d'une voix tremblante; le médecin dit qu'il se repose et que bientôt il nous reconnaîtra et nous parlera.

— Et penser, s'écria Daniel, qu'il a prononcé des milliers, des millions de paroles, et que je les ai à peine écoutées! Et maintenant, je donnerais vingt francs pour chaque mot qu'il me dirait.

— Auriez-vous quelque chose de particulier à lui demander?

— Je le crois bien! répondit Durer.

— Ne pourriez-vous le demander à Dieu?

— Sans doute; mais je ne recevrais pas une réponse formelle sur le sens de laquelle je ne pourrais pas me tromper. Il est vrai que je pourrais faire comme ma pauvre mère, qui ouvrait la Bible au hasard et considérait les premiers mots qui lui tombaient sous les yeux comme une réponse à sa requête. Je ne suis pas assez pieux pour que Dieu me fasse ainsi connaître sa volonté.

Marguerite ne répondit pas, car elle ne saisissait pas très-bien le raisonnement de Daniel; elle se mit à arranger les chaises, tandis qu'il la suivait d'un regard plein d'affection.

— Marguerite, dit-il tout à coup, le souci que je voulais communiquer à notre pasteur est celui-ci : Ta mère est revenue.

Elle tressaillit et le regarda avec des yeux effrayés ; ses lèvres tremblèrent et ses épaules se courbèrent un peu, comme pour se dérober aux coups dont elle avait si souvent souffert ; mais cette expression d'angoisse et de terreur disparut promptement et, quoique bien pâle encore, son visage retrouva un sourire.

— Le bon Dieu ne sait-il pas que maman est de retour ?

Daniel ne répondit pas, car, à vues humaines, il aurait semblé bien préférable que cette mère ne reparût pas, et il se demandait si le bon

Dieu l'avait abandonné ainsi que son enfant adoptive, puisqu'il remettait sur leur chemin une semblable créature. Le Seigneur, au milieu de sa gloire, aurait-il oublié d'avoir compassion ? S'abaissait-il jusqu'à s'occuper des actions d'une misérable ivrogne ? Ces pensées étaient désolantes, mais répondaient à la disposition d'esprit de Daniel.

— Savez-vous où est maman ? demanda Marguerite.

— Ma chérie, je lui ai donné deux francs pour lui procurer un gîte et un déjeuner ce matin. Elle m'avait dit qu'elle n'avait ni bu ni mangé de la journée, ce qui était faux, puisque M. Stephen lui avait fait prendre un bon repas; mais, hélas ! je suis bien certain qu'elle reviendra.

— Oh ! oui, bien sûr, elle reviendra ! dit Marguerite.

— C'est pour cela que la bonne des demoiselles Stephen et moi, avons décidé ensemble que tu resteras pendant un certain temps au presbytère, jusqu'à ce que j'aie arrêté ce qu'il convient de faire pour ta mère. Cet arrangement te convient-il ?

— Oui, répondit-elle, retenant ses larmes avec peine; et pourtant, j'aurais aimé voir maman.

— Voir ta mère! répéta Durer ébahi, et pourquoi, Marguerite?

— Parce qu'elle est ma mère, et que le Seigneur Jésus avait une mère aussi; je voudrais la revoir pour lui parler de Dieu, de Jésus et du ciel. Peut-être deviendrait-elle alors meilleure.

Ne pouvant plus maîtriser son émotion, elle se jeta à genoux et, au milieu de ses larmes, murmura une prière pour sa mère. Sa manière de prendre les choses ajoutait une nouvelle difficulté pour le pauvre Daniel; et, quoiqu'il ne pût ni lui refuser ni même comprendre son désir de voir sa mère, il était plus perplexe que jamais. Il aurait bien préféré la savoir à l'abri chez M. Stephen que de la sentir exposée chez lui aux visites, et qui sait, peut-être aux coups de cette femme. Mais si Marguerite voulait la revoir, il faudrait céder; du reste, comment pourrait-il lui-même vivre désormais sans sa chère enfant?

— Tu choisiras toi-même, ma chérie, ce que

tu veux faire, dit-il enfin très-tendrement; viens avec moi à la maison et cours la chance de voir reparaître ta mère d'un instant à l'autre, ou bien retourne au presbytère où tu seras si tranquille.

— Je rentrerai chez nous avec vous, répondit-elle avec un joyeux sourire; comment feriez-vous le matin pour votre déjeuner, et qui balayerait la cuisine, si je m'en allais? Je vous en prie, emmenez-moi.

Malgré ses craintes de voir son domicile envahi par la mère de Marguerite, Daniel fut heureux de la décision de la fillette; sans elle, son foyer perdait son unique charme. Toute la journée, ils furent absorbés par leur travail, et ce ne fut pas sans une certaine appréhension qu'ils rentrèrent le soir au logis. Personne n'était là pour les déranger. Mais Brookes leur apprit qu'une femme en haillons était venue pleurer et sangloter devant la porte, pendant une partie de la soirée.

V

Durer craignait tellement que, s'il quittait sa demeure, en y laissant Marguerite, celle-ci ne fût exposée en son absence aux visites et aux mauvais traitements de sa mère, qu'il l'emmena constamment avec lui. Il eut beaucoup à faire pour le service de la chapelle, et pendant trois jours ils ne rentrèrent que fort tard chez eux; mais enfin, le jeudi, comme ils tournaient le coin de la rue, ils aperçurent une forme humaine couchée en travers de leur porte. Marguerite s'arrêta en frissonnant; elle se serra un instant contre son protecteur ; puis, prenant un élan subit, elle s'approcha de la pauvre femme, en disant d'une voix touchante : Mère, mère !

Celle-ci poussa un éclat de rire strident, saisit l'enfant dans ses bras, et la couvrit de baisers en la berçant comme un bébé. Marguerite se dégagea de cette étreinte et, se hissant sur la pointe de ses petits pieds pour atteindre à l'oreille de Durer : « Elle a un peu bu, dit-elle. mais pas encore trop ; elle ne sera pas furieuse. Qu'allons-nous faire ? »

C'était justement la question que Daniel se posait à lui-même, car la pensée d'introduire chez lui une femme ivre lui paraissait inabordable ; et cependant, pouvait-il renvoyer ainsi la mère de Marguerite ? Il écouta un moment les folies qu'elle débitait à sa fille ; puis, ouvrant la porte, il la vit entrer avant même qu'il s'en fût rendu compte. Elle reprit possession du grand fauteuil, comme si elle s'y établissait pour l'éternité, pendant que le pauvre homme la considérait tout consterné.

— Mère, dit Marguerite d'une voix douce mais ferme, ce n'est pas votre maison ici, et vous ne pouvez pas y rester. Nous sommes chez M. Durer ; je suis sûre qu'il me permettra de vous donner à souper, puis vous ferez mieux de vous en aller et de revenir me voir un autre jour.

Après avoir considéré un moment son enfant, la pauvre femme la saisit pour l'attirer sur ses genoux, en murmurant :

— Oh! je voudrais être meilleure; j'ai été entraînée; je voudrais changer; je vais venir demeurer près de toi, ma fille ; tu verras comme je me conduirai bien; je ne serai pas une honte pour toi!

— Non, maman, vous ne pouvez pas rester ici, parce qne nous sommes chez M. Daniel, qui m'a recueillie par charité quand j'étais malade et que vous m'aviez abandonnée. Il est impossible qu'il se charge aussi de vous.

— Je resterai, je resterai, répondit sa mère en s'accrochant aux bras du fauteuil, car si je pars, tu partiras avec moi. Je voudrais savoir qui aurait le cœur de séparer une mère de son enfant!

Pendant quelques minutes, Marguerite resta immobile et pensive; puis se tournant vers Daniel, elle lui dit tout bas : — Je ne crois pas qu'elle sache que Dieu est notre Père.

Plus que jamais, Durer ne pouvait discerner le chemin qu'il devait suivre. La présence de cette pauvre créature sous son toit choquait tous ses sentiments; le désordre de l'ivresse donnait à ses haillons comme à ses traits une aspect repoussant; elle était tombée dans un état de somnolence, depuis qu'elle avait parlé, et Marguerite avait disparu. Daniel se demandait si elle faisait quelques préparatifs pour conduire sa mère dans sa petite chambre, quand elle reparut devant lui, non plus vêtue de son gentil et propre costume de bure, mais avec la plus vieille et la plus fanée de ses robes; une expression de tristesse patiente animait son visage.

— Monsieur Daniel, dit-elle, il ne faut pas que vous receviez ma mère par amour pour moi; c'est impossible, aussi je vais m'en aller ce soir avec elle; et demain, quand elle sera capable de m'entendre, je lui parlerai de Dieu, de Jésus et du ciel..Elle ne les connaît pas encore, et peut-être, quand elle sera plus instruite, elle se corrigera, et nous pourrons l'aider à devenir meilleure. Seulement, il faut que je m'en aille avec elle; sans cela elle entrerait en fureur comme autrefois.

— Non, non, non! s'écria Daniel, je ne puis te laisser partir, mon enfant. Je t'aime plus que tout au monde, Marguerite, et je sacrifierai jusqu'à mon dernier sou, jusqu'à ma place de sacristain, plutôt que de te perdre.

— Mais vous ne me perdrez pas ; je m'en vais seulement pour un peu de temps. C'est ma mère, et je veux lui apprendre tout ce que je sais, pour qu'elle aille au ciel comme nous. Je reviendrai demain.

— Qu'elle reste ici alors, dit Daniel en hésitant.

— Non, non, c'est impossible ; si vous cédez une fois, et si vous la gardez ce soir, elle ne voudra plus s'en aller. Il vaut mieux que vous me laissiez partir, et demain matin, quand je lui raconterai tout, comme elle sera abattue, elle m'écoutera peut-être... Mère, je suis prête à vous suivre.

La femme souleva péniblement ses paupières alourdies, se leva en trébuchant et, mettant sa main pesante sur l'épaule de l'enfant, elles quittèrent ainsi la demeure de Durer. Celui-ci soutenait un dernier assaut de son cœur et de sa conscience. Devait-il les garder, ou les laisser partir?

— Attends, Marguerite ; si je consens à te laisser suivre ton désir pour cette fois, je veux au moins être assuré que tu auras un gîte pour la nuit ; je vais vous conduire dans une auberge du voisinage, où je payerai votre coucher.

— Très-bien, répondit l'enfant. Quelques minutes après, on aurait pu les voir cheminer tous trois dans une ruelle sombre, Marguerite entre Daniel et sa mère, soutenant celle-ci qui trébuchait à chaque pas. Ils arrivèrent bientôt chez le logeur qui put fournir aux deux femmes un modeste petit cabinet où se trouvaient un lit et quelques chaises.

Au moment d'abandonner sa fille chérie dans ce sombre réduit, Daniel se retourna et l'embrassant avec la plus vive tendresse :

— Bonsoir, ma chérie, ne regrettes-tu pas ta décision, et maintenant que ta mère est à l'abri, ne voudrais-tu pas revenir avec moi ?

— Non, répondit-elle en jetant un regard sur la pauvre ivrogne déjà endormie d'un lourd sommeil, je crois que je fais ce que le Seigneur voudrait que je fisse, n'est-ce pas ? Il sait qu'elle est ma mère.

— Que Dieu te bénisse, mon enfant bien-aimée ! murmura Daniel en fermant la porte.

Il descendit à tâtons l'escalier obscur et,

tout en regagnant son logis solitaire, il se demandait avec anxiété : « Que je voudrais savoir comment un chrétien doit se conduire en pareille circonstance ! Et je n'ai plus personne à qui demander conseil ! »

VI

Les deux jours suivants, vendredi et samedi, étaient généralement des jours de grandes occupations pour le sacristain; jamais il ne s'était senti si découragé que lorsqu'il entra seul dans cette chapelle froide et déserte, sans sa fidèle petite compagne. Il n'y avait que huit jours qu'ils faisaient ensemble les préparatifs du service du dimanche, sans se douter de ce que la semaine suivante devait apporter de changement dans leur existence. Et quel plus grand bouleversement encore, s'il arrivait quelque chose de fâcheux au pasteur! Daniel n'osait pas même penser à la mort de son bien-aimé maître; mais enfin il ne pouvait plus remonter en chaire. S'il fallait appeler un autre ministre, voir peu à peu décroître l'auditoire, jusqu'à ce qu'il ne restât plus que quelques habitués somnolents pour écouter une prédication sans vie (car il était impossible de penser que M. Stephen pût être remplacé, ni pour son talent, ni pour sa foi, ni pour son dévouement), jamais Daniel ne pourrait assister à la décadence de cette chapelle qu'il aimait tant ; non, il donnerait sa démission ! Et cette voix aimée de son pasteur, qui non-seulement ne pouvait plus l'instruire le dimanche, mais qui ne lui donnerait pas même un conseil dans ces conjonctures difficiles qu'il traversait, qu'est-ce qui la remplacerait ?

Il était près de midi quand Marguerite apporta le dîner ; ses yeux étaient rougis par les larmes et elle ne dit pas un mot pendant que le sacristain mangeait. Il n'osait la questionner, mais quand il eut fini, elle prit une de ses mains entre les siennes et lui dit tristement :

— Monsieur Daniel, quand maman s'est réveillée ce matin, je lui ai raconté tout ce que je savais de Dieu, de Jésus et du ciel ; elle le savait déjà, même avant ma naissance, a-t-elle dit.

— Ah ! fit Durer sans témoigner de surprise.

— Oui, elle en avait entendu parler, et jamais, jamais elle ne m'en avait rien appris ! Elle ne prononçait le nom de Dieu que lorsqu'elle jurait. Je ne sais plus ce que nous pourrions faire pour elle. Je croyais qu'elle pourrait apprendre à aimer Dieu et qu'alors elle changerait de vie, mais elle s'est moquée de moi et m'a dit que je lui disais une vieille histoire. Que pourrions-nous donc pour elle désormais ?

Les larmes de l'enfant coulaient avec abondance, et Daniel ne savait comment la consoler. Il sentait qu'il n'y avait que peu d'espoir de corriger une pauvre créature adonnée depuis tant d'années au désordre et à l'ivrognerie.

— Si seulement notre cher pasteur pouvait lui parler ! reprit Marguerite ; on dirait, à l'entendre, qu'il a vu Dieu et qu'il s'entretient avec lui. Elle le croirait mieux que moi, car je ne sais pas exprimer ce que je sens.

— Chère enfant, elle l'avait vu et avait causé avec lui le dimanche, quelques heures vant l'attaque de notre ami. Non, ce n'est pas ui qui peut changer le cœur de ta mère.

— Mais elle est pourtant ma mère ! s'écria Marguerite.

— Et c'est justement ce qui me tourmente, parce que je ne sais comment je dois me conduire.

— Ne pourrions-nous pas le demander à Dieu, ici, tout de suite, avant d'aller plus loin ?

— C'est peut-être ce que nous avons de mieux à faire, répondit Daniel en s'agenouillant à côté de l'enfant.

Il voulut commencer, comme il l'entendait faire aux réunions de prières, par des phrases sonores et pompeuses, mais cela ne pouvait le satisfaire ; il cherchait Dieu d'un cœur droit, et voulait connaître sa volonté pour s'y conformer; aussi, rejetant bientôt toute formule :

« Seigneur, s'écria-t-il, tu sais que la mère de Marguerite est revenue, et combien elle vit dans le désordre et la débauche, et nous ne savons que faire d'elle, et pour elle notre pasteur ne saurait nous diriger. Quelquefois je crains de trop tenir à mon argent ; s'il en est ainsi ou si quelqu'autre mauvais penchant me tient éloigné de toi et m'empêche de faire ta volonté, Seigneur Jésus, je t'en supplie, déracine toi-même ces funestes dispositions, et montre-moi clairement mon devoir. Seigneur, garde-nous Marguerite et moi dans ton amour. Amen ! »

Daniel se releva fortifié. Il avait exposé ses perplexités au Seigneur et il savait que sa route serait éclaircie ; quant à Marguerite, elle était sans inquiétude. Puisque Dieu connaissait sa détresse, il l'en délivrerait. Tous deux reprirent leurs occupations d'un cœur plus léger, bien que l'absence de leur cher pasteur leur semblât difficile à accepter, et qu'ils ne sussent pas *qui* le remplacerait dans la chaire, le lendemain. Ils sentaient *que Dieu ferait concourir toutes choses au bien de ceux qui l'aimaient.*

VII

Ce ne fut pas sans quelque appréhension que Durer reprit avec Marguerite le chemin de sa demeure, mais persònne ne leur en barrait l'entrée, et quoique au moindre bruit dans la rue l'un et l'autre tressaillissent, rien ne vint troubler leur paisible soirée. Après le souper et pendant que la petite ménagère remettait sa cuisine en ordre, Daniel ouvrit son secrétaire et prit les obligations qu'il possédait, car pendant de longues années toutes ses économies avaient été soigneusement placées. Depuis qu'il avait adopté Marguerite, son petit pécule n'avait guère grossi, car il fallait pourvoir à son entretien et à celui de la maison. Jadis, un logement lui plaisait en raison de son prix modique, quelque sordide qu'il pût être ; maintenant il pensait autrement, et voulait que sa fille chérie fût dans une demeure agréable. Cela l'entraînait à plus de dépenses, et parfois il se disait que le pasteur ou quelqu'un des membres riches de l'Église pourrait bien lui venir en aide pour la bonne œuvre qu'il avait entreprise. Aussi n'était-ce pas sans arrière-pensée et un peu à regret qu'il avait dépensé son argent au lieu de le mettre à intérêts. Et maintenant, une nouvelle question se posait à son esprit : — Est-ce que Dieu lui demandait *de perdre*, — oui, il se disait bien *de perdre*, — le fruit de ses économies pour une méchante et misérable ivrogne? Ce serait bien dur. Il aimait Marguerite ; comme il l'avait dit, il l'aimait plus que son argent, et jamais il n'avait regretté de l'avoir recueillie ; mais sa mère était pour lui un objet d'horreur et de dégoût. Elle ne lui était rien de plus que les milliers d'hommes et de femmes abandonnés qui roulent dans les rues de Londres. Dieu ne pouvait pas vouloir le priver de toute ressource pour ses vieux jours, et il se doutait que ses gains futurs diminueraient peu à peu. Les médecins s'étaient prononcés : M. Stephen, s'il guérissait, ne devait pas reprendre ses prédications, ni son travail incessant ; donc la congrégation de la chapelle diminuerait, on renoncerait à l'agrandir, à augmenter le salaire du sacristain. Daniel sentait arriver ses infirmités, et, dans peu d'années, il lui faudrait songer à prendre sa retraite. Non, décidément, il était impossible que Dieu exigeât de lui un pareil sacrifice en faveur d'une femme comme la mère de Marguerite.

Une autre question se posait à sa conscience et à son cœur, et c'était en vain qu'il essayait de leur imposer silence. Il fallait l'entendre et y répondre : — Que croyez-vous que Christ eût fait à votre place? Si Dieu avait conduit cette pauvre créature à la porte du charpentier, l'aurait-il repoussée et rejetée dans sa vie de dégradation? Jésus, qui est venu aussi bien *chercher* que sauver ceux qui sont perdus, aurait-il mis en balance un compte de banquier et un espoir, si faible qu'il fût, d'affranchir une âme du péché? Daniel! Daniel! reprenait cette voix intérieure, qu'aurait fait le Seigneur?

Il avait beau fermer l'oreille, remettre ses obligations au fond du tiroir, en se disant qu'il avait rempli son devoir de chrétien en adoptant Marguerite, l'Esprit de Dieu ne lui laissait aucun repos, car il est certain que, lorsqu'un homme entre par amour pour le Seigneur dans la voie du renoncement et du sacrifice, il ne saurait s'arrêter en si bon chemin, mais il faut qu'il prouve de plus en plus son amour par son dévouement. Daniel avait maîtrisé sa passion de l'argent par tendresse pour Marguerite; il allait en triompher radicalement pour une misérable femme perdue.

Le combat fut rude, mais la victoire était complète quand Marguerite vint s'asseoir près de lui avec son ouvrage. L'enfant avait rarement vu l'austère visage de son bienfaiteur illuminé d'un aussi radieux sourire.

— Marguerite, dit-il, Dieu m'a montré le chemin que je dois suivre.

— Peut-être vous l'a-t-il indiqué mieux encore que M. Stephen ne l'aurait fait.

— Je ne crois pas, en effet, que notre bien-aimé pasteur eût pu parler plus clairement. Voyons, fillette, suppose que le Seigneur Jésus eût vécu ici, dans cette maison, et que ta mère fût venue frapper à sa porte, n'aurait-Il pas pris soin d'elle et fait tout au monde pour la préserver de retomber dans le péché? Eh bien, chérie, quoiqu'il ne me semble pas que je doive la prendre chez moi, et surtout te laisser de pareils exemples sous les yeux, je suis décidé à faire quelque chose pour elle. Nous louerons une chambre où elle trouvera un abri et un bon repas, chaque fois qu'elle voudra s'y rendre; nous l'entourerons autant que possible de bonnes influences pour tâcher de la ramener au bien.

Marguerite laissa tomber son ouvrage, elle jeta ses bras autour du cou de Daniel et fondit en larmes.

— Allons, allons, chérie, qu'as-tu? Ne crois-tu pas que Jésus aurait imaginé quelque chose dans ce genre? Nous prierons beaucoup pour elle, et peut-être un jour pourra-t-elle venir vivre avec nous.

— C'est ma mère, vous savez! se contentait de répéter l'enfant, comme si ces simples paroles expliquaient tout ce qui se passait dans son cœur.

— Oui, c'est bien pour cela que nous ferons pour elle tout ce que nous pourrons. Je sens maintenant, Marguerite, que j'aime Dieu par-dessus toutes choses et mon prochain comme moi-même.

Le bonheur du brave Durer aurait été sans mélange, s'il avait pu aller raconter à son cher pasteur la grâce que Dieu lui avait accordée, de faire gaiement le sacrifice de son argent tant aimé et si laborieusement amassé, pour sauver de la honte et du déshonneur une pauvre pécheresse qui, jusqu'alors, ne lui inspirait que de la répulsion.

Le lendemain, Daniel se mit en quête d'une maison honnête et sûre, dans laquelle il pût conduire la mère de Marguerite. Une pauvre veuve consentit à recevoir cette étrange pensionnaire, et lorsqu'il eut vu une petite chambre bien propre et bien ordonnée disposée pour sa protégée, il rentra chez lui heureux et reconnaissant, ne redoutant plus désormais de la trouver sur le seuil de sa porte.

VIII

Ce fut un heureux dimanche pour Daniel, malgré l'absence du pasteur et la tristesse de toute la congrégation. Tout ce qu'il entendait, évangile, cantiques, liturgie, avait pour lui un sens nouveau. Il lui semblait que jusqu'alors il n'avait pas connu Dieu ou avait vécu loin de Lui, et, quoique le sermon fût assurément bien médiocre, le nom du Père céleste et celui du Sauveur qui frappaient son oreille, suffisaient à rendre son bonheur si grand que son cœur pouvait à peine y suffire.

Pendant le service du soir, Marguerite alla trouver les filles de M. Stephen. Jeanne vint à sa rencontre pour lui demander si elle craignait d'entrer dans la chambre du malade, pour ne pas le laisser seul pendant que les domestiques soupaient.

— Ma bonne croit, dit-elle, que si papa pouvait comprendre et parler, il aimerait que nous fussions avec lui ce soir, comme c'est notre habitude tous les dimanches. Nous lirions notre chapitre et réciterions nos versets, comme il aimait à nous le faire faire lui-même. Notre bonne l'a entendu dire l'autre jour à votre mère qu'il vous aimait presque comme son enfant, aussi aimerions-nous vous avoir avec nous, si cela ne vous effraye pas trop.

C'est ainsi que les trois jeunes filles se trouvèrent bientôt installées dans la chambre du pasteur. Un bon feu brûlait dans la cheminée, une lampe éclairait de ses rayons les joues décolorées, les yeux fermés de M. Stephen. Malgré cela, le visage n'avait plus cette rigidité cadavéreuse qui avait tant effrayé les pauvres enfants, quelques jours auparavant. On sentait la vie circuler sous ce voile d'immobilité, et les lèvres remuaient, mais sans rendre de son.

— Il parle à Dieu, murmura Marguerite toute saisie.

— Marguerite, en regardant mon père, je ne puis m'empêcher de penser que lorsque

Paul fut ravi en extase jusqu'au troisième ciel, il devait avoir une expression semblable.

Après être restées un moment auprès du lit, les jeunes filles s'assirent autour du feu et chantèrent tout bas le cantique favori du malade. Avec les dernières notes, la pendule sonna sept heures.

— C'est juste à cette heure-ci, dimanche dernier, dit Jeanne, au moment où papa allait prier, qu'il a été frappé.

— Comme j'aurais voulu savoir ce qu'il allait dire ! ajouta tristement Madeleine.

— Notre Père ! murmura derrière elle une voix basse et faible, comme si elle n'avait la force que de prononcer ce seul nom.

En se retournant avec un petit cri de joie autant que de crainte, elles virent les yeux de M. Stephen ouverts et fixés sur elles, avec une expression de vive tendresse. Marguerite seule eut le courage de s'approcher de lui.

— Nous reconnaissez-vous, monsieur le pasteur ? demanda-t-elle toute tremblante ; savez-vous qui nous sommes ?

— Marguerite et mes enfants, répondit-il avec un doux sourire.

— Il est revenu à lui ! s'écria Marguerite. Allons vite annoncer cette bonne nouvelle ; il a peut-être soif ou faim ; mais qu'importe, puisqu'il nous est rendu !

En quelques instants, la maison fut mise en émoi par cette résurrection inespérée, et le bruit en arriva jusqu'à la chapelle avant la fin du service. Ce furent des actions de grâces générales, et l'on se sépara ému de cette grande délivrance accordée à un pasteur bien-aimé. Quant à Daniel, il vint jusqu'au presbytère pour s'assurer du retour à la vie de celui qu'il considérait comme son meilleur ami. Il laissa Marguerite avec Madeleine et Jeanne, et minuit sonnait à l'horloge du quartier quand il reprit tout joyeux le chemin de sa demeure.

IX

Daniel avait une assez grande distance à parcourir pour revenir du presbytère jusque chez lui ; la soirée était très-avancée, le pavé glissant, le brouillard fort épais. Chacun se hâtait de rentrer chez soi, et le sacristain se réjouissait déjà de retrouver son paisible coin du feu, lorsqu'il fut arrêté dans une rue par des démolitions. On avait allumé des feux de charbon, tant pour avertir les passants et éviter les accidents, que pour permettre aux veilleurs qui devaient passer la nuit de se réchauffer. L'un d'eux avait apporté une vieille porte pour se préserver de la pluie et du vent ; il venait de s'éloigner un moment quand Daniel parvint à cet endroit. Il s'arrêta subitement, car, à côté de ce feu, sous ce misérable abri, il aperçut une femme. La flamme vacillante permettait de distinguer sur son visage les traces de la misère et de la dégradation, et une expression de dureté et de stupidité. Durer la regarda d'abord avec un sentiment de dégoût instinctif, qui fut bientôt remplacé par une compassion profonde. Il n'eut pas de peine à la reconnaître. Bien des fois, depuis deux jours, il s'était demandé ce qu'elle était devenue, et sa répulsion faisait peu à peu place à la pitié. Il pensait à ce moment même à la chambre chaude, au bon lit qui était préparé pour elle, et, montant sur des décombres qui la séparaient de lui, il l'appela, car il ne savait pas son nom : « Mère de Marguerite ! »

La malheureuse se dressa brusquement sur ses pieds et jeta sur lui un regard désespéré. Ses yeux étaient enflammés et gonflés par les larmes, ses traits respiraient la terreur et une angoisse tellement inexprimable que Durer se sentit pris d'une sympathie réelle pour cette pauvre créature. Il comprit à quel degré d'abaissement elle était descendue et, dans cet instant, il eût volontiers sacrifié sa propre vie pour la sauver. Il lui tendit la main, mais elle la repoussa, et jetant un cri de désespoir, elle prit sa course à travers les rues.

Elle ne réussit pas à se débarrasser de Daniel; il voulait trop sincèrement lui faire du bien pour ne pas la suivre. Marchant aussi vite que ses jambes le lui permettaient, il ne la perdit pas de vue jusqu'au bord de la Tamise; il espérait toujours que la fatigue la contraindrait à s'arrêter et qu'il pourrait enfin l'atteindre. Ils parvinrent ainsi jusqu'à un pont à côté duquel on en élevait un second pour faciliter la circulation. On voyait, à la lueur blafarde du gaz, des piles de maçonnerie, des échaffaudages en bois, d'énormes madriers qui soutenaient la nouvelle construction et, au-dessous, les eaux noires et froides de la rivière qui coulaient sans bruit. Daniel s'arrêta un instant pour reprendre haleine. Quand il voulut se remettre en marche, il avait perdu de vue la mère de Marguerite, à moins qne ce ne fût elle, là-bas, dans l'ombre, debout sur le parapet. Il s'élança; mais, au moment où un cri sauvage arriva jusqu'à lui, il fit un faux pas et tomba lourdement sur un des piliers en construction, à plusieurs mètres au-dessous du vieux pont.

Il ne perdit pas longtemps connaissance, car au moment où il sentit le sol manquer sous ses pieds, le premier coup de minuit sonnait, et le dernier vibrait encore dans l'air quand il put se rendre compte de ce qui lui était arrivé. Il se souleva péniblement pour chercher du regard la sombre figure qui l'avait fasciné, mais rien n'était plus visible à l'horizon. Il se laissa lourdement retomber ; il ne pouvait faire un mouvement, et il restait là abandonné, réfléchissant à ce qui venait de se passer. Pour lui, il n'y avait pas de doute : la pauvre femme, qu'il voulait sauver à tout prix, avait mis un terme à sa misérable vie. Comment se faisait-il alors que, au lieu d'être saisie d'horreur, son âme fût remplie d'une paix parfaite ? Il lui semblait entendre une voix monter de cette eau froide et lui dire : *Tu as été fidèle jusqu'à la mort, je te donnerai la couronne de vie.*

Allait-il mourir ? se demandait-il en sentant des douleurs affreuses envahir tout son corps. Il était prêt et soumis à la volonté de Dieu ; mais il aimerait revoir sa petite Marguerite, et lui apprendre lui-même, avec tous les ménagements que lui dicterait sa tendresse, que sa mère était morte, qu'elle *était allée en son lieu* que Dieu seul connaissait.

Peu de personnes traversaient le pont à une heure aussi tardive, surtout un dimanche soir. Il y avait donc bien longtemps déjà que Daniel gisait sur les pierres quand enfin il crut entendre des pas et, rassemblant toutes ses forces, il cria : « Au secours, ou je vais mourir ! »

Ce ne fut pas sans de cruelles souffrances qu'on parvint à le transporter jusqu'à l'hospice le plus voisin ; mais pas une plainte, pas un cri ne lui échappa. Il témoignait une vive reconnaissance à tous ceux qui l'approchaient, et, en voyant son calme et sa sérénité, on croyait son accident sans gravité. Au moment où on allait le mettre au lit, il surprit tout le monde en disant : « Laissez d'abord venir le docteur, qui nous dira si je dois vivre ou mourir. »

Le chirurgien l'examina, lui fit quelques questions et, à mesure qu'il se rendait compte de la situation, son visage prenait un air plus grave.

— Ne craignez pas de me dire la vérité, monsieur, dit Daniel ; je suis chrétien, et pour un chrétien la mort a perdu son effroi. Si vous me croyez perdu, je voudrais qu'on me transportât chez moi. J'ai une petite fille qui aimera bien m'avoir près d'elle aussi longtemps que le bon Dieu le permettra. Voici ma clef, je vous en prie, ramenez-moi à la maison.

On ne pouvait résister à une pareille demande. Le médecin lui donna l'assurance qu'il pourrait vivre quelques jours encore, bien qu'une issue fatale fût inévitable; et le jour commençait à poindre quand le blessé, posé sur un brancard, fut rapporté dans cette paisible demeure où il avait passé avec Marguerite les trois plus heureuses années de sa vie.

X

Pendant plusieurs jours, Daniel souffrit cruellement et toujours avec une inaltérable patience. Marguerite ne le quittait pas, et quand il pouvait l'écouter, elle lui faisait la lecture, ou bien ils parlaient ensemble de ce ciel dont le malade approchait rapidement. Les membres de l'Église venaient le voir, et l'on admirait sa pieuse soumission ; mais le pasteur n'avait pas encore pu arriver jusqu'à lui, quoiqu'il lui eût fait annoncer sa visite.

Son dernier jour arriva. Marguerite et Durer savaient tous deux que l'heure de la séparation allait sonner, et le pasteur n'était pas encore venu dire adieu à son vieil ami, car on pouvait bien donner ce nom au fidèle sacristain qui, pendant tant d'années, avait été attaché à la chapelle. Néanmoins, Durer ne paraissait pas inquiet; patient et souriant, il attendait avec calme l'appel de son Sauveur. Son regard se voilait et sa parole s'embarrassait quand enfin arriva M. Stephen, pâle, la voix tremblante de faiblesse et d'émotion. Ils se serrèrent la main, et le ministre s'assit au chevet du malade.

— Je viens me reposer un moment auprès de vous, mon brave Daniel, dit-il.

— C'est ma dernière heure, je crois, répondit Durer.

— Que la volonté de Dieu soit faite !

Un long silence suivit. Le pasteur rassemblait ses forces et se recueillait. Puis, il courba la tête, car sa faiblesse ne lui permettait pas de se mettre à genoux, et répandit son âme dans une fervente prière; mais ses lèvres avaient peine à rendre sa pensée. Quand il eut terminé, il dit :

— Le Seigneur m'a frappé dans mon orgueil, en me privant de cette facilité de parole dont je tirais gloire; je ne pourrai plus jamais annoncer sa Parole, comme je le faisais jadis, ni exalter sa puissance.

— Vous parlerez davantage de son amour, murmura Daniel.

— Oui, comme un enfant. Je ne pourrai plus remuer les masses, comme autrefois ; *ma parole est devenue méprisable.*

— Marguerite, raconte à M. le pasteur tout ce que nous avons dit ensemble, ajouta Daniel.

La pauvre petite souleva la tête et, regardant M. Stephen à travers ses larmes :

— Nous avons dit que bientôt il ne serait plus sacristain, qu'il ne vous accompagnerait plus à la chapelle. Nous nous sommes souvenus que le médecin a déclaré que vous ne seriez plus jamais assez fort pour remplir un poste aussi fatigant que celui que vous occupez maintenant ; ensuite, nous avons parlé du ciel. Là, nous nous retrouverons tous ; vous y serez peut-être encore notre pasteur, et vous trouverez des idées et des mots tels qu'il en faut pour décrire les beautés du céleste séjour, et les anges et la foule des rachetés se presseront autour de vous pour louer le Seigneur et chanter des cantiques d'actions de grâces.

M. Stephen courba la tête et ne répondit rien.

— Je voudrais vous dire encore quelque chose, reprit Daniel : j'ai laissé tout ce que je possède à Marguerite, mais je ne sais où elle ira demeurer après mon départ. Si vous vouliez vous en occuper ?...

— Marguerite viendra chez moi ; elle sera ma troisième fille, interrompit le pasteur en saisissant la petite main de l'enfant pour la mettre dans celle du mourant.

— Je rends grâces à Dieu qui m'a appelé à sa connaissance, balbutia Daniel ; je sens que je l'aime parce que je suis en quelque mesure semblable à lui.

— Il le dit dans un passage : « *Mes bien-aimés, nous sommes dès à présent les enfants de Dieu, et ce que nous serons n'a pas encore été manifesté; mais nous savons que, quand Il apparaîtra, nous serons semblables à Lui, parce que nous Le verrons tel qu'Il est,* » murmura M. Stephen avec émotion.

La voix du pasteur ne tremblait plus, les mots arrivaient sans peine. Son visage s'animait, comme celui du moribond. Les idées de Daniel devenaient moins claires.

— Il faut porter les livres, disait-il, toute la congrégation attend, le ministre est là, partons tous ensemble pour le ciel.

Ce furent ses dernières paroles. La Bible qu'il tenait à la main lui échappa, et quand Marguerite le regarda, elle vit qu'il n'était plus de ce monde, mais contemplait là-haut son Père céleste.

M. Stephen ne put, en effet, jamais reprendre ses fonctions dans sa grande paroisse de Londres; son troupeau, qui écoutait sa parole et admirait son éloquence comme on admire un bel instrument, son troupeau l'avait entendu, mais non pas compris; par conséquent, ses prédications avaient eu peu de résultats véritables. Mais lorsque, frappé par la maladie, il fut contraint de se retirer dans un petit village, il y annonça le conseil de Dieu avec tant de foi, de fidélité et d'amour, qu'il amena bien des âmes au pied de la croix du Sauveur.

BIBLIOTHÈQUE NATIONALE R.F. IMPRIMÉS

FIN

Imprimerie D. Bardin, à Saint-Germain.

www.ingramcontent.com/pod-product-compliance
Ingram Content Group UK Ltd.
Pitfield, Milton Keynes, MK11 3LW, UK
UKHW020414230726
13925UKWH00004B/1423